楽《たの》しく考《かんが》える

教《きょう》科《か》書《しょ》のお話《はなし》

1年《ねん》生《せい》

楽《たの》しく考《かんが》える

教《きょう》科《か》書《しょ》のお話《はなし》 1年《ねん》生《せい》

もくじ

昔話は内容は同じでも、教科書の文とはことなるものもあります。

カバーイラスト　ヒダカナオト

はじめに

この本《ほん》を読《よ》むみなさんへ

みなさんは、お話《はなし》を読《よ》むことは好《す》きですか？

この本《ほん》には、教科書《きょうかしょ》に出《で》てくるお話《はなし》がのっています。例《たと》えば、「おむすびころりん」や「おおきなかぶ」。声《こえ》に出《だ》して読《よ》むと、そのリズムに、気持《きも》ちがはずんできます。ついつい、体《からだ》まで動《うご》かしたくなってきます。声《こえ》に出《だ》すと、文《ぶん》にもリズムがあることに気《き》づきます。

そして、この本《ほん》には、たくさんの昔話《むかしばなし》ものっています。一年生《いちねんせい》のみなさんにとって、はじめて読《よ》む昔話《むかしばなし》もあるかもしれません。楽《たの》しいだけでなく、だいじなことも教《おし》えてくれるお話《はなし》です。読《よ》んでみて気《き》づいたことを、おうちの人《ひと》や友《とも》だちと話《はな》してみてもよいですね。また、絵日記《えにっき》などに書《か》いてもいいでしょう。この本《ほん》をきっかけに、みなさんがほかにもいろいろなお話《はなし》を読《よ》んでくれることを願《ねが》っています。

保護者《ほごしゃ》の方《かた》へ

小学校《しょうがっこう》の時《とき》に読《よ》んだ物語《ものがたり》、といわれて、大人《おとな》になった皆《みな》さんが思《おも》いうかべるお話《はなし》はなんでしょう？「おおきなかぶ」「モチモチの木《き》」「ごんぎつね」「海《うみ》のいのち」など、今《いま》も教科書《きょうかしょ》に掲載《けいさい》されているお話《はなし》を思《おも》い出《だ》された方《かた》もいらっしゃることでしょう。

本書《ほんしょ》は、今《いま》の子《こ》どもたちにはもちろん、かつて子《こ》どもだった大人《おとな》の皆《みな》さんにもお勧《すす》めしたい一冊《さつ》です。親子《おやこ》で読《よ》んでいただき、ぜひお話《はなし》についての感想《かんそう》を話《はな》し合《あ》ってみてください。いつのまにか、本音《ほんね》で話《はな》し合《あ》っていることに気《き》づくことでしょう。共通《きょうつう》の題材《だいざい》について、自由《じゆう》に感想《かんそう》を話《はな》し合《あ》うことが、子《こ》どもたちの心《こころ》を育《そだ》てることにつながります。大人《おとな》の皆《みな》さんにとっても、それはかけがえのない時間《じかん》になると思《おも》います。

読書《どくしょ》は、「非認知能力《ひにんちのうりょく》」を育《はぐ》むのに効果的《こうかてき》です。好奇心《こうきしん》や共感性《きょうかんせい》、コミュニケーション能力《のうりょく》などの非認知能力《ひにんちのうりょく》は、学校生活《がっこうせいかつ》だけでなく、社会生活《しゃかいせいかつ》においても役立《やくだ》ちます。非《ひ》認知能力《にんちのうりょく》を育《はぐ》むことで、子《こ》どもたちはより豊《ゆた》かな心持《こころも》ちで過《す》ごすことができるでしょう。本書《ほんしょ》は読《よ》み物《もの》としてだけでなく、コミュニケーションのための一冊《さつ》としても、ぜひ活用《かつよう》していただきたいと思《おも》います。さあ皆《みな》さんでお話《はなし》の世界《せかい》を楽《たの》しみましょう！

筑波大学附属小学校《つくばだいがくふぞくしょうがっこう》　国語科教諭《こくごかきょうゆ》　白坂《しらさか》　洋一《よういち》

おむすびころりん

［文《ぶん》］与田準一《よだじゅんいち》　［絵《え》］ヒダカナオト

むかし、あるところに、おじいさんと　おばあさんが
いました。
ある日《ひ》のこと、おじいさんは、山《やま》へ　たきぎを
とりに　でかけました。おばあさんは、うちで
せんたくを　しました。
おじいさんは、山《やま》で、とんとん　たきぎを
きりました。

とんとん　とんとん　きっているうちに、
おひるに　なりました。
「どうれ、おべんとうに　しようかな。」
おじいさんは、おばあさんが　つくってくれた
おむすびの　つつみを　ひろげました。
中《なか》の　一《ひと》つを　とって　たべようとすると、
おむすびは　ころりと　手《て》から　ころげおちて、
「あれあれ。」と　おもっているうちに、
ころころ　ころころ、じめんに　あいていた
あなの　中《なか》に　おちこんでしまいました。
おじいさんは、どうしたことかと、あなの　中《なか》を

のぞきました。すると、あなの　中《なか》から、
　おむすび　ころりん
　すっとん　とん。
と　いう、うたが　きこえてきました。
「これは　おもしろい。」
と　いって、おじいさんは、また　耳《みみ》を　すませました。
でも、もう、うたは　きこえてきません。
おじいさんは、もういちど　きいてみたく
なりました。
　そこで、もう一《ひと》つの　おむすびを　とって、あなに、
ころころ　おとしました。

すると　また、
おむすび　ころりん
すっとん　とん。
と　いう　うたが、きこえて
きました。おじいさんは、
うれしく　なりました。
「どら、もういっぺん。」
と　いって、一《ひと》つ　のこった
おむすびも、あなに
おとしました。
すると、また、

おむすび　ころりん
すっとん　とん。
「なんと　おもしろい　うただなあ。」
おじいさんは、おなかの　すいたのも　わすれて、
そう　いいました。
でも、もう　おむすびは、なくなってしまいました。
「これは　しまった。」
と　つぶやいていると、そこへ、一《いっ》ぴきの　ねずみが
でてきて、
「おじいさん　おじいさん、ただいまは、おいしい
おむすびを　ありがとうございました。これから、

わたしの　うちに　つれていきますから、しっぽに
つかまって、目《め》を　つぶってください。」
と、いいました。おじいさんは、ねずみの　しっぽに
つかまって、目《め》を　つぶりました。
ねずみは、するすると、あなの　中《なか》へ　入《はい》って
いきました。

しばらくすると、
「さあ、おじいさん、目《め》を　あけてください。
わたしの　うちに　きましたよ。」
ねずみが　そう　いうので、おじいさんは、目《め》を

あけました。
そこには、りっぱな　うちが　あって、
おおぜいの　ねずみたちが、おじいさんを
でむかえていました。

ねずみたちは、
「おじいさん、さっきの　おむすび、みんなで
ごちそうに　なりましたよ。とても　おいしかった。」
と　おれいを　いって、おじいさんを、りっぱな
ざしきに　すわらせました。そうして、
「これから　おもちを　ついて、おじいさんに
ごちそうします。」
と　いって、みんなで　もちつきを　はじめました。
ねずみたちは、にぎやかに　うたって、もちを
つきました。
せんねん　まんねん

たったとて、
ねこの　こえ　ひとつも
きいたこと　ない。
は、てんきぽんき
てんきぽんき　こらさのさ。
ねずみたちは、ついた
おもちを　ころころ　まるめて、
おじいさんに　たくさん
たべてもらいました。
おじいさんは、
「こんなに　おいしい　もちは、たべたことが　ないよ。」

と　いって、よろこびました。
「すっかり　ごちそうに　なりました。これで、
おいとまを　しましょ。」
と、おじいさんが　いいました。
　すると、ねずみたちは、
*とこのまに　かざってあった
たくさんの　つづらを　みせて、
「おみやげに　あげますから、
この中《なか》で、すきなのを
もっていってください。」
と　いいました。おじいさんは、

「それでは、一《ひと》つ　もらっていこうか。」
と　いって、小《ちい》さい　つづらを　一《ひと》つ　もらって、
せなかに　しょいました。
　かえりにも、やっぱり　ねずみの　しっぽに
つかまって、目《め》を　つぶりました。目《め》を　あけると、
そこは　もう、もとの　山《やま》でした。おじいさんは、
うちに　かえると、きょうの　ことを、おばあさんに
はなしました。おばあさんは、
「まあまあ、それは　それは。」
と　いって、おどろいたり　よろこんだり　しました。
　おみやげの　つづらを　あけてみると、中《なか》には、

＊和室《わしつ》につくられている床《ゆか》をもつ部分《ぶぶん》。

こばんが　いっぱい　入《はい》っていたので、おじいさんと
おばあさんは、またまた　大《おお》よろこびしました。

　このはなしを、となりの
うちの　おじいさんと
おばあさんが　ききました。
となりの　おばあさんは、
そこで、
「おじいさんや、あなたも、
ねずみの　ところへ
いってきなされ。」
と　いって、小《ちい》さな　おむすびを、

三《みっ》つ　つくって　くれました。
となりの　おじいさんは、山《やま》へ　いくと、ねずみの
あなを　さがして　まわりました。そうして、やっと
みつけると、その　あなの　中《なか》に、おむすびを
むりやりに　おしこみました。
となりの　おじいさんは、三《みっ》つの　おむすびを
おしこんで　しまうと、うたなんか　きこうと　しないで、
ねずみの　でて　くるのを、いまか　いまかと
まって　いました。
すると、やがて　一《いっ》ぴきの　ねずみが　でてきて、
「ただいまは、また、おむすびを

ありがとうございました。」
といって、こんども　となりの　おじいさんに
目《め》を　つぶらせ、しっぽに　つかまってもらって、
あなの　中《なか》の　りっぱな　うちへ　つれていきました。
ねずみたちは、となりの　おじいさんに　おれいを
いって、また、もちつきを　はじめました。
せんねん　まんねん
たったとて、
ねこの　こえ　ひとつも
きいたこと　ない。
は、てんきぽんき

てんきぽんき　こらさのさ。
おじいさんは、とこのまの　つづらを　はやく
もってかえろうと　おもって……
いきなり、大《おお》きな　こえで、「にゃーお。」と、
ねこの　なきまねを　しました。さあ、大《おお》さわぎです。
ねずみたちは、どこかへ　ぱっと　にげていって
しまいました。
あたりは、まっくらやみに　なりました。
おじいさんも、びっくりです。
かえりの　みちを　手《て》さぐりで　さがしましたが、
どこを　どういったら　よいか　わかりません。

あっちで　こっつんこ、こっちで　こっつんこ、
土《つち》を　ほりわけ　ほりわけしていくうちに、
おじいさんは　こぶだらけに　なりました。
うちのほうでは、おばあさんが、おじいさんの
かえりを、いまか　いまかと　まっていました。
すると、にわの　土《つち》が、むくらむくらと
うごきだしたので、
「やい、この　もぐらもち！」
と　いって、おじいさんが　はいだしてるのだとも
しらずに、おゆを　かけたり、ぼうで　たたいたり
しましたとさ。

はなさかじいさん

［文《ぶん》］石崎洋司《いしざきひろし》　［絵《え》］山川《やまかわ》はるか

むかし、むかし。あるところに、はたらきもののじいさまと　ばあさまが、ふたりっきりで、くらしておった。

ある日《ひ》の　こと、ばあさまが　川《かわ》で　せんたくをしていると、くろぬりの　りっぱな　はこが、ぷかぁり、ぷかぁりと、ながれてきた。

「おやまあ、ふしぎな　ことが　あるもんじゃ。」

ばあさまが、はこを　ひろいあげてみると。

なんと、まっ白《しろ》な　子犬《こいぬ》が　一《いっ》ぴき、
入《はい》っておった。

ばあさまが　子犬《こいぬ》を　つれてかえると、
じいさまも　大《おお》よろこび。

「かみさまからの　さずかりものじゃ。」

ふたりは、子犬《こいぬ》に　シロと　名《な》まえを　つけると、
それはそれは　たいせつに　そだてた。

「シロや、もっと　ごはんを　たべるんじゃ。」

「シロや、もっと　さかなを　たべるんじゃ。」

シロは、ずんずん、ずんずん、大《おお》きくなって、

りっぱな　犬《いぬ》に　なった。
ある日《ひ》の　こと。
じいさまが　山《やま》へ　しばかりに　いこうとすると。
「おらの　せなかに、のっとくれ。」
口《くち》を　きいた　シロに、じいさまは　びっくりぎょうてん。
「なにを　いう。かわいい　おまえに、のれるもんか。」
「いいから、いいから。」
シロは、むりに　じいさまを　のせると、ずんがずんが、山《やま》を　のぼっていった。しばらく　あるくと、シロはきゅうに　立《た》ちどまった。

「ここだ、ここだ。
ここ　ほれ、わんわん！」
じいさまが、いわれたとおり、
ほってみると。
「なんと　まあ、おどろいた！」
土《つち》の　中《なか》で、大《おお》ばん
小《こ》ばんが、きんきん
きらきら、かがやいておる。
「じいさま、そのおたから、
いっぱい　つめたら、
また、おらに　のっとくれ。」

「それでは　おもくて、おまえが　つぶれてしまう。」

「いいから、いいから。」

シロは、おたからと　じいさまを　のせて、
また、ずんがずんが、山《やま》を　おりていった。

山《やま》のような　大《おお》ばん　小《こ》ばんに、ばあさまも、
びっくり　ぎょうてん。

「なんと　まあ、すごい　おたからだこと！」

それを　ききつけて、となりの　なまけものの
じいさまが、とんできた。

「いったい、このおたからは　どうしたんじゃ？」

じいさまが　わけを　はなすと、となりの

なまけものの　ばあさまも、
とんできた。
「この犬《いぬ》ころ、
一日《いちにち》、かしとくれ！」
となりの　じいさまと
ばあさまは、いやがる
シロを、ぐいぐい
ひっぱっていった。
となりの　じいさまは、
シロが　なにも　いわない
うちから、むんずと　またがった。

「さあ、山《やま》へ　いけ！
たからの　ありかへ、つれていけ！」
シロは　だまって、山《やま》を　のぼっていった。
そうして、ふと、足《あし》を　とめた。
「ここだな！」
シロが　なにも　いわないのに、
となりの　じいさまが、ほってみると……。
大《おお》へびが　ぬるぬる！
むかでが　もぞもぞ！
かえるが　げこげこ！
「な、なんじゃ、これは！」

かんかんに　おこった、となりの　じいさまは、木《き》の
ぼうで、シロを　ぽかり！
シロは　しんでしまった。
となりの　じいさまは、シロを　あなに　うめると、
まつの　小《こ》えだを　一《いっ》ぽん　さして、さっさと
かえってしまった。
つぎの日《ひ》。
「そろそろ、シロを　かえしてもらえんかのう。」
はたらきものの　じいさまと　ばあさまが
たずねると、なまけものの　じいさまが　いった。
「ふん、あんな　きもちわるい　ものを　だす　犬《いぬ》は、

こらしめてやったわい！」
あわてて、ふたりが　山《やま》へ　でかけると。
まつの　小《こ》えだは、たった　一《ひと》ばんのうちに、
大《おお》きな　木《き》に　なっておった。
「ああ、シロや。かわいそうに……。」
じいさまと　ばあさまは、おいおい　ないた。
「せめて、この木《き》を　うすに　して、シロに　もちを
ついてやろう。」
じいさまと　ばあさまは、まつの　木《き》を　きって、
いえに　もってかえった。
ところが、その　うすで、おもちを　ついてみると。

ぺったん　ぺったん
ちゃりん　ちゃりん。
ぺったん　ぺったん
ちゃりん　ちゃりん。
うすの　中《なか》から、
ふしぎな　音《おと》が　する。
のぞいてみると、そこには、
たくさんの　大《おお》ばん　小《こ》ばんが、
きんきん　きらきら、
かがやいておった。
「なんと　まあ、おどろいた！」

それを　また、となりの　なまけものの　じいさまと
ばあさまが、ききつけた。
「この　うす、一日《いちにち》、かしとくれ！」
となりの　じいさまと　ばあさまは、うすを
もっていってしまった。となりの　じいさまと
ばあさまは、さっそく、もちを　ついてみた。
「でてこい、でてこい、大《おお》ばん　小《こ》ばん！」
「まだかい、まだかい、大《おお》ばん　小《こ》ばん！」
　べったん　べったん
　べちゃり　べちゃり。
べったん　べったん

べちゃり　べちゃり。
うすの　中《なか》からは、くさぁい　においが、ぷうん。
「うわあ、うまの　ふんが　でたあ！」
「うわあ、うしの　ふんも　でたあ！」
となりの　じいさまと　ばあさまは、たちまち、くそまみれ。おこった　ふたりは、うすを　かまどに　なげこんで、もやしてしまった。
つぎの日《ひ》。
「そろそろ、うすを　かえしてもらえんかのう。」
はたらきものの　じいさまと　ばあさまが　たずねると、なまけものの　じいさまが、いった。

「ふん、あんな　きたない　ものを　だす　うすは、もやしてしまったわい！」

ふたりは、かまどの　はいを　すくって、おおいないた。

「おじいさん、この　はい、もってかえりましょう。」

「そうだな。うちの　はたけに　まいてやろう。」

じいさまと　ばあさまが、はいを　あつめて、もってかえろうとした　とき。

ぴゅうっと　かぜが　ふいて、はいが　まいあがった。

すると！

かれ木《き》に、つぎつぎと　花《はな》が　さいていった。

じいさまと　ばあさまは　びっくり　ぎょうてん。

「そうれ、花《はな》　さけ、もっと　さけ！」

じいさまが、はいを　どんどん　まくと、花《はな》も

どんどん　さいていく。あっというまに、
あたりいちめん、花《はな》ざかり。
そこへ、とのさまの　ぎょうれつが　とおりかかった。
「はいを　まいて　花《はな》を　さかせたのは、そのほうか！
あっぱれ、日本一《にっぽんいち》の　はなさかじい！
ほうびを　とらす！」
とのさまは、じいさまと　ばあさまに、
大《おお》ばん　小《こ》ばんを、たくさん　くれた。
それを　みていた、なまけものの　じいさまが、
とびだした。
「とのさま、わたしも　花《はな》を　さかせて　ごらんに

いれましょう。」
　はたらきものの　じいさまの　まねを　して、
ぱあっと　はいを　まくと。
花《はな》は　さくどころか、かぜに　のった　はいが、
とのさまの　目《め》、はな、口《くち》に　入《はい》ってしまった。
「ぺっ、ぺっ、ぺっ。ぶれいものめ！　ひっとらえろ！」
　なまけものの　じいさまは、
おともの　さむらいに、さんざん
たたかれて、ろうやに
入《い》れられてしまったって。
　これで、おしまい。

しましま

［作《さく》］森山《もりやま》京《みやこ》　［絵《え》］木村《きむら》いこ

ある日《ひ》、三《さん》びきの　ねずみの　きょうだいの
ところへ、おばあちゃんから　手《て》がみが　とどきました。
それには、こんなことが　かいてありました。

あたらしい　けいとで、おまえたちの
チョッキを　あんでいます。けいとの　いろは、
青《あお》と　赤《あか》です。もう　すぐ　あみあがります。
たのしみに　まっていてください。

さあ、三《さん》びきは　大《おお》よろこび。

「ぼくのは、青《あお》だよ。」

にいさんねずみが　いいました。

「わたしのは、赤《あか》よ。」

ねえさんねずみが　いいました。

「ぼくのは、青《あお》と　赤《あか》。」

おとうとねずみが　いいました。

「チロのは、ないよ。」

にいさんねずみが　いいました。

チロと　いうのは、おとうとねずみの　名《な》まえです。

「そうよ。青《あお》いのと　赤《あか》いのだけよ。」

ねえさんねずみが　いいました。
「そんなこと　ないよ。ぼくのも
あるよ。」
チロは、あわてて　いいかえしましたが、
ほんとうは、とても　しんぱいでした。
もしかすると　おばあちゃんは、
いちばん　小《ちい》さい　チロのことを、
わすれてしまったのかも　しれません。
「そうだったら、どうしよう。」
にいさんねずみや　ねえさんねずみと　ちがって、
チロは、まだ　字《じ》が　かけません。

だから、手《て》がみで　おばあちゃんに　たのむことも
できないのです。
「そうだ、いいこと　かんがえた！」
チロは、そとへ　とびだしていきました。
どんどん　どんどん　はしっていって、おかの
上《うえ》まで　のぼりました。
てっぺんに　立《た》つと、たにを　はさんで、たかい
山《やま》が　みえました。
おばあちゃんの　うちは、あの山《やま》の　ずっと
むこうがわに　あります。
「おばあちゃーん……。」

チロは、ひとこえ　よびました。
すると、まあ　どうしたことでしょう。
「おばあちゃーん、おばあちゃーん、おばあちゃーん、
おばあちゃーん……。」
チロの　こえは、くりかえし　ひびきながら、
だんだん　だんだん　とおくなっていくでは
ありませんか。
「ぼくの　こえが　とんでった。
おばあちゃんちへ　とんでった！」
チロは、うれしがって　とびはねると、まえよりも
こえを　はりあげて　いいました。

「ぼくは、チロだよー。」
すると、こんども　チロの　こえは、くりかえしながら、
だんだん　ほそく　小《ちい》さくなっていきました。
チロは、大《おお》きく　口《くち》を　あけ、いちばん
だいじなことを　いいました。
「ぼくにも　チョッキ、あんでねー。」
チロは、「あんでねー」が　きえて　しまうまで、
じっと　耳《みみ》を　すましていました。
なん日《にち》か　たって、おばあちゃんから　小《こ》づつみが
とどきました。
中《なか》には、けいとの　チョッキが　三《さん》まい

入《はい》っていました。
いちばん　大《おお》きいのが、青《あお》。
つぎが、赤《あか》。
小《ちい》さいのは、青《あお》と　赤《あか》の
よこじまでした。
「あ、しましまだ。だーいすき！」
チロは、さっそく　チョッキを　きると、
おかの　てっぺんへ　かけのぼりました。
「おばあちゃーん、ぼくは　チロだよー。
しましまの　チョッキ、ありがとうー。」
チロは、大《おお》ごえで　さけびました。

そして、「ありがとうー」が　きえるのを
まって、もういちど、こんどは　ゆっくり
いいました。
「あ、り、が、と、う。」

おおきなかぶ

［再話《さいわ》］A《アレクセイ》・トルストイ
［訳《やく》］内《うち》田《だ》莉《り》莎《さ》子《こ》
［絵《え》］ももろ

おじいさんが　かぶを　うえました。
「あまい　あまい　かぶになれ。
おおきな　おおきな　かぶになれ」
あまい　げんきの　よい　とてつもなく　おおきい
かぶが　できました。
おじいさんは　かぶを　ぬこうとしました。
うんとこしょ　どっこいしょ

ところが　かぶは　ぬけません。
おじいさんは　おばあさんを
よんできました。
おばあさんが　おじいさんを
ひっぱって、おじいさんが　かぶを
ひっぱって――
うんとこしょ　どっこいしょ
それでも　かぶは　ぬけません。
おばあさんは　まごを
よんできました。
まごが　おばあさんを　ひっぱって、

おばあさんが　おじいさんを
ひっぱって、　おじいさんが　かぶを
ひっぱって――
　うんとこしょ　どっこいしょ
まだ　まだ　かぶは　ぬけません。
まごは　いぬを　よんできました。
いぬが　まごを　ひっぱって、
まごが　おばあさんを　ひっぱって、
おばあさんが　おじいさんを　ひっぱって、
おじいさんが　かぶを　ひっぱって――
　うんとこしょ　どっこいしょ

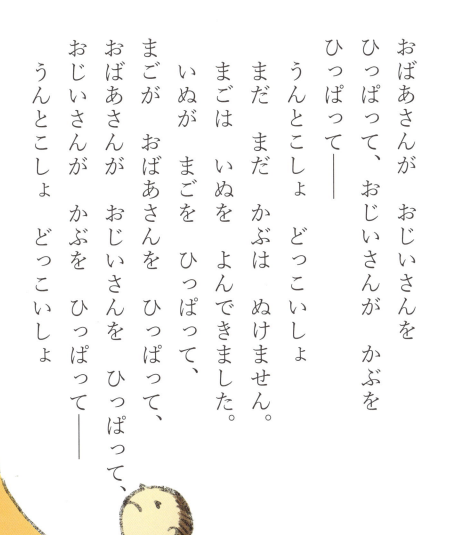

まだ　まだ　まだ　まだ　ぬけません。
いぬは　ねこを　よんできました。
ねこが　いぬを　ひっぱって、いぬが　まごを
ひっぱって、まごが　おばあさんを　ひっぱって、
おばあさんが　おじいさんを　ひっぱって、
おじいさんが　かぶを　ひっぱって――
うんとこしょ　どっこいしょ
それでも　かぶは　ぬけません。
ねこは　ねずみを　よんできました。
ねずみが　ねこを　ひっぱって、ねこが　いぬを
ひっぱって、いぬが　まごを　ひっぱって、まごが

おばあさんを　ひっぱって、
おばあさんが
おじいさんを　ひっぱって、
おじいさんが　かぶを
ひっぱって――
うんとこしょ　どっこいしょ
やっと、かぶは　ぬけました。

天《てん》にのぼったおけやさん

[文《ぶん》] 水谷章三《みずたにしょうぞう》 [絵《え》] 佐々木一澄《さ さ き かずと》

むかし　むかし、あるところに、ひとりの
おけやさんが　すんでいました。
ある日《ひ》のこと、おけやさんは、大《おお》きな　大《おお》きな
ふろおけの　たが*を　しめていました。
ところが、なんの　はずみか、その　ふとい　たがが
ビーンと　はじけたから　たまりません。
おけやさんは、空《そら》　たかく　はじきとばされて

しまいました。
あれよ　あれよと　いっているまに、
おっこちたところが、かさやさんの
みせの　まえ。
かさやさんが、とびだしてきて
いいました。
「こりゃあ、天《てん》からの　さずかりもんだ。
さっそく、わしんところの　しごとを
してもらおうかい。」
そのしごとと　いうのは、ならべて　ほした
かさの　見《み》はりばんでした。

＊竹《たけ》をさいて、あんで輪《わ》にしたもの。おけの外側《そとがわ》にはめてしめるのにつかう。

いままでの　しごとに　くらべたら、なんとも　らくな
ものです。
おけやさんは、いい　気《き》もちで、うつら　うつらと
していました。
すると、そこへ、いきなり　つむじかぜが　ふいてきて、
かさが　ふわっと　まいあがりました。
「こりゃ、まて、かさ　まて。」
おけやさんは、とんでいく　かさを、あわてて
二《に》、三本《さんぼん》　つかまえましたが、そのとたん、かさと
いっしょに　空《そら》へ　ふきあげられました。
「うわあい、たすけてくれえっ。」

おけやさんは、ぐんぐん　ぐんぐん　とばされて、
こんどは、とうとう　天《てん》まで　のぼってしまいました。
すると、そこへ、かみなりさんが　やってきました。
「なんじゃい、おまえは。こんなところで　なにを
しとるか。」
「へえ。かさやで　かさの　ばんを　しとったら、かさが
かぜに　とばされてなあ……。」
と、おけやさんが　わけを　はなしました。
「そうか、そうか。そんなら、わしの　てつだいを
してくれい。」
かみなりさんは、さっそく、おけやさんに　しごとを

いいつけました。

「さあて、いまから　夕立《ゆうだち》を　ふらすでな。
この　水《みず》ぶくろを　もって、ついてこい。」

おけやさんは、おもい　水《みず》ぶくろを
かつがされて、くもの　上《うえ》を
よっちら　おっちら、
かみなりさんに　ついていきました。
やがて、かみなりさんは
たいこを　うちはじめました。

ドドン　ゴロゴロ、ドンゴロ　ドンゴロ

「ほうれ、おまえも　雨《あめ》を　ふらせろ。」

そこで、おけやさんも、水《みず》ぶくろの　水《みず》を　ザンザカ
ふりまきながら、くもの　上《うえ》を　かけまわりました。
むこうでは、かみなりさんが、たいこを　うちながら
どなっています。
ドドーン　ゴロゴロ
「おうい、あしもとに　気《き》を　つけろ。
くもの　きれ目《め》が　あるでなあ。」
おけやさんは、おもしろくて　たまりません。
むちゅうに　なって、あっち　いき、こっち　いき
している　うちに、うっかり、くもの　きれ目《め》を
ふんでしまいました。

「うわあっ、おちる　おちる　おちるうっ。」
おけやさんは、おちて　おちて、さあ、どのくらい
おちたものやら。
気《き》が　つくと、あるおてらの、大《おお》きな　大《おお》きな
まつの　木《き》の　てっぺんに　ひっかかっていました。

「おうい、たすけてくれえっ。」

おてらの　おしょうさんが、見《み》あげて
おどろきました。

「ははん、さっきの　かみなりが、あんなところに
おちたか。それにしても、おかしな　かみなりじゃ。

人間《にんげん》の　ことばで　どなっておるが。」

そのうちに、きんじょの　人《ひと》たちも、わやわやと
あつまってきました。

「ひゃあ、どうやって　たすけたら　よかろうか。」

「ながあい　つなを　なげてやろうか。」

「いや　いや、あそこまで　とどく　わけが　ない。」

「そんなら、こうしたら
どうじゃろう。」
おしょうさんが、大《おお》きな
ふろしきを　もってきました。
みんなは、それっとばかりに、
ふろしきの　まわりを　ひっぱって、
木《き》の　下《した》で　ぴいんと　ひろげました。
「おうい、木《き》の　上《うえ》の　おかたよ、
このふろしき　目《め》がけて、
おもいきって　とびおりるのじゃあっ。」
「へ、へえい。」

おけやさんは、目《め》を　つぶって、すうっと　いきを
すいこんでから、「えいやっ」とばかりに
とびおりました。
おりたとたん、そのいきおいで、ふろしきの
はしを　つかんでいた　人《ひと》たちが　はねあがり、
ひたいと　ひたいが　ゴチゴチ　ゴチンと
ぶつかって、目《め》から　火《ひ》が　でました。
そして、その　火《ひ》で、大《おお》きな　木《き》も、
この　おはなしも、もえてしまいましたと。
はい、これで　おしまい。

びんぼうがみとふくのかみ

［文《ぶん》］大《おお》川《かわ》悦《えっ》生《せい》
［絵《え》］長《は》谷《せ》川《がわ》知《とも》子《こ》

とんとん　むかしねえ。
あるところに　わかい　とうさんと　かあさんが
あって、それはそれは　びんぼうだったけど、
「なんの、みんなして　はたらけば　びんぼうも
ないもんだ。」
って　せっせこ　かせいだと。
あさから　ばんまで、ほんと　いっしょうけんめいに

田《た》んぼや　はたけを　たがやすし、よなべしごとには
きっこ　ぱたんと　はたを　おったり、なわを
なったり　してな。
　それから　なん年《ねん》も　たって、ある年《とし》の
大《おお》みそかに　なったとさ。
「あしたは　もう　お正月《しょうがつ》だど。はやく　ねろや。」
って、子《こ》どもらを　ねかせると、とうさん　かあさん
ふたりして　いろりばたで　かたりあっていた。*
　かあさんは　とうさんに　いったって。
「ことしは　もちも　たんと　つけたし、ごっつぉも
できた。とうさんの　おかげで、こんどこそ　いい

お正月《しょうがつ》が　くるど。」
すると、とうさんも　いったって。
「いや　いや、これも
かあさんと　子《こ》どもらの
おかげってもんだ。」
そしたところが、やねうらのほうで
なんだか　みょうな　音《おと》が
するんだと。ごとごと　がたすと……
どうも　ねずみでは　ないらしい。
それより　よっぽど　大《おお》きい　音《おと》で、
おまけに、

＊へやのゆかを四角《しかく》にきりぬいて火《ひ》をたくようにした場所《ばしょ》。

「ああ　やれ　しかたが　ねえ。」
って　こえも　きこえる。
「とうさん、上《うえ》に　だれか　いる。」
「はて　ふしぎだ。おらとこにゃ、まあだ　どろぼうが
とってくほどの　ぜにこ　ないども、だれだや？」
そう　いってるうちに、はしらを　つたわって
ずずーっと　おりてきた。
かあさんは　おっかなくて　とうさんの　うしろに
かくれたと。とうさんも　いろりの　ひばしを　つかんで、
おっかなびっくり　みがまえたと。
けど、おりてきたの　みたら、へんてこな

ちゃっこい（小《ちい》さい）　じいさまなんだって。
かおは　げそっと　こけてるし、きてる　ものも
びらんびらんに　すりきれている。

「おまえがた、おどかして
すまなかった。
おれ、この　うちに
百年《ひゃくねん》まえから　すみついてた
びんぼうがみだ。」
「なんだって、びんぼうがみ？」
「おらうちの　びんぼうの
かみか？」

とうさんと　かあさんは　でかく　たまげてしまったと。

そしたら、その　ちゃっこい　びんぼうがみが　かたをすぼめて　いうことに、

「あんまり　おまえがたが　かせぐもんで、おれ　ここさいられなくなった。かわりに　ふくのかみが　くるべえ。おなごりおしいども、おいとま　もうす。」

とうさんと　かあさんは　なんだやら　びんぼうがみが気《き》のどくに　なって、

「おらとこに　百年《ひゃくねん》も　いてくれたなら、あわてていかなくても　いいだ。」

「そうとも、おちゃ　一《いっ》ぱい　のんでくろ。」

と　ひきとめた　わけさ。
そして、とうさんが　おちゃを　つげば、かあさんも
だいどころから　ごちそう　もってきて、びんぼうがみに
すすめたんだと。
「なんと　ありがたい。びんぼうがみ　はじめてから、
いままで　ごっつぉなど　たべたこと　なかったもの。
そんでは、はぁ　ちょうだい　もうす。」
びんぼうがみは　おじぎして　はしを　とると、
べろべろ　たべた。
ごはんも　みそしるも　三《さん》べんずつ　おかわりしてな。
「あれ、いま　ごっつぉ　たべて　にんまりと

しなすった。びんぼうの
かみさまも　わらうだかや。」
かあさんが　おかしく
なって　ふきだすと、
びんぼうがみは、
「ありがたくて　なみだが
でるだ。なきたいくらい
うれしいだ。」
って、ぽろん　ぽろん　なみだを　こぼしたと。
そうしていたら、おもてのほうから、
ずっし　ずっし　足音《あしおと》が　してきた。

「ほーい、ほーい」と　いせいの　いい　かけごえも
きこえてきた。
とたんに、きげんの　よかった　びんぼうがみが、
「こりゃ　こまった。おれ　どうすべえ。」
って、がたがた　ふるえだした。
「あら、ふくのかみ　おいでなすったか。」
とうさんと　かあさんが　でていって　みるまも
なかったと。
もう　ふくのかみが　さっと　はいってござらした。
赤《あか》い　えぼしに、にしきの　はおり、大《おお》きな
ふくろを　ひっかついでな。

まるまると　ふとった　からだ、
ほっぺたは　おっこちそうで、なまえのとおり
ふくぶくしい　かみさまだったって。
ふくのかみは　びんぼうがみを　みつけると、
びっくらしたように　むっと　なって、
「このやろう、まだ　ここさ　いただか。おまえの　いる
ところで　ねえど。とっと　でてけえ！」
って　おどかしたと。
そう　いわれると、びんぼうがみも
おもしろくないから、
「おれは　いま、ここの　とうさんと　かあさんに

ごっつぉしてもらってただ。なにが　わるい。」
って　いいかえしたと。
「ほんとだす。おせわに　なった
びんぼうがみさまだもの、ごっつぉしてただ。」
「ふくのかみ　きたって、いそいで
でていきなさること　ねえど。」
とうさんと　かあさんも　びんぼうがみの
かたを　もって　いったと。
「ふん、ごっつぉに　なってただと？
なまいきな　びんぼうがみめ、おれさまが
ぼんだして（おんだして）くれるわ。」

ふくのかみは　かりかりと　あたまへ　きて、
いきなり　びんぼうがみに　つかみかかった。
すると、びんぼうがみの　きものの　そで口《ぐち》が
びりんと　さけてしまったって。
「やったな、この　ふくのかみ！」
びんぼうがみも　おこって、ふくのかみの
よこっつらを　ぴしゃっと　はたきかえした。
「や、や、そんだば　手《て》かげんしないぞ。」
「おれのほうも　やってくれるど。」
それから　まず　かみさまどうしで、どでん　すてんと
大《おお》げんかに　なったわけだ。

ふくのかみは　ふくろを　ふりまわして、
ちからまかせに　つっかかる。
びんぼうがみは　つきとばされても　しりもちを
ついても、すぐ　また「くそっ」と　とびついていく。
どっちが　つよいかって　いうと、からだ　でっかくて
ちからも　ある　ふくのかみだ。ひょたひょたの
びんぼうがみは　おっつぶされそうになる。
とうさんと　かあさんは　もう　気《き》が気《き》じゃあ　ない。
おもわず、こぶしを　にぎって　さけんだと。
「びんぼうがみさま、まけんな。」
「おらだち　ついてるど。そら　ふんばれ、

そこ　けっとばせ。」

　こうなると、びんぼうがみは　かせいが　あるうえ、ごちそうを　たべて　げん気《き》が　ついてる。ちからが二《に》ばいも　三《さん》ばいも　でるだ。

　とうとう　ふくのかみの　すきを　みつけて、足《あし》をもちあげ、

「うーん、やあ。」

って、ぶんなげたんだと。

　ぐゎらぐゎら

　どっすーん

「うーん、いててて。」

ふくのかみは　目《め》を
まわして、やっとこさ
おきあがると、
「なんと　なんと　たまげた
いえだ。こんな　ところにゃ
もう　きてやらねえぞ。」
って、すたこらさっと
にげだしてしまったと。
「やあれ、びんぼうがみさま
かっただ。」
とうさん　かあさんが

よろこぶと、ねていた　子《こ》どもらまで　おきてきて、いっしょに　手《て》を　たたいたと。

　そしたところが、どまに　ぴかぴかした　ものが　ころんと　おちていたって。

「いったい　なんだや。ふくのかみが　わすれていったど。」

　かあさんが　ふしぎそうに　ひろいあげたら、びんぼうがみは、

「ほっ、こら　いいもんだ。えんめいこづちって　おたからで、これさえ　あれば　なんでも　でる。」

って　いうんだと。

「そんだら、こめ　一《いっ》ぴょう*　だしてたもうれ。」
「よし　よし。」
って、びんぼうがみが　こづちで　とんと　たたくと、
どさりと　こめだわらが　一《いっ》ぴょう　でた。
「こんどは　びんぼうがみさまの　きもの
やぶれてしまっただもの、きものを　だしてたもうれ。」
「よし　よし。」
って、りっぱな　きものを　うちだしたと。
つぎつぎ　ごちそうや　おたからも　だしてもらって、
おかげで　どこにもないような　いい　正月《しょうがつ》を
むかえたと。

それから、えんめいこづちを
もった　びんぼうがみが
ふくのかみに　なって、
ずっと　そこに
ござらして、
みな　みな　めでたく
さかえたとさ。
どんび　すかんこ
ないっけど。

＊お米《こめ》の単位《たんい》。一《いっ》ぴょうは約《やく》六十《ろくじゅっ》キログラム。

つるにょうぼう

［文《ぶん》］神沢利子《かんざわとしこ》　［絵《え》］井口文秀《いぐちぶんしゅう》

むかし、あるところに、びんぼうな　わかものが
あった。
ふゆも　ちかい　ある日《ひ》の　こと。
じぶんの　田《た》を　もたない　わかものは、人《ひと》に
やとわれて、よその　田《た》を　たがやしておった。
すると、一《いち》わの　つるが　ひらひらと　天《てん》から
まいおりてきた。

どこか　けがを　しておるらしく、
とんでは　よろめき、よろめいては　とんで、
わかものの　足《あし》もとまで　くると、そのまま
くずれるように　たおれてしまった。
　だきおこしてみると、
ゆきのように　白《しろ》い　はねに、
一《いっ》ぽんの　やが
つきささっておる。
「おお、いたかろうに。」
　わかものは、やを　ぬいて、
川《かわ》の　水《みず》で　きずぐちを

あらってやった。
つるは、やっと　げんきを　とりもどして、
さも　うれしそうに　はばたいてみせた。
「よかった　よかった。げんきに　なったか。
さ、うちへ　とんで　かえれ。二《に》どと　りょうしに
見《み》つからんように　気《き》を　つけるだぞ。」
わかものは、そう　いいきかせて　はなして
やった。つるは、みるみる　たかく　まいあがり、
わかものの　まうえを　三《さん》ど　まわってから、
こうーと　ないて　見《み》えなくなった。
ああ、ええことを　したと　おもうと、くわを

もつ　手《て》も　かるく、　その日《ひ》　一日《いちにち》、　しごとは
ずんと　はかどった。
それから　いく日《にち》か　して、　ちらちら　こゆきの
ふる　ばんの　こと——
わかものの　いえの　とを　とんとん　たたく
ものが　おる。
「もおし、　もおし。」
だれやら　よぶ　こえが　する。
わかものが　でてみると　うつくしい　むすめが
たっておった。
「どうか　ひとばん　とめてください。」

と、むすめが　たのんだ。
「おらの　うちは、このとおり
おまえさまを
ねせるところも　ねえ。
だが、そとは　さぞ　さむかろう。
こんな　こやで　よけりゃ、
さあ　さあ、中《なか》に
はいって　火《ひ》に　あたれや。」
　わかものは　いろりに　まきを　くべた。
　火《ひ》は　ぼんぼん　もえ、むすめは　かたの
ゆきを　はらって、*ろばたに　すわった。

「おまえさま、こんな　ばんに
だれを　たずねてきたんかね。」
わかものが　きくと、むすめは　くろい　目《め》で、
わかものを　見《み》つめて　こたえた。
「はい、わたしは　あなたの　よめさまに　して
もらいに　ここへ　きました。」
「なんだと、おらの　よめさまにだと。」
わかものは　たまげてしまって、ぽかっと　口《くち》を
あけたまま、むすめを　見《み》た。
むすめは　うなずいた。
「おら、おら、びんぼうだで、とても　よめさまなど

＊へやのゆかを四角《しかく》にきりぬいて火《ひ》をたくようにした場所《ばしょ》。いろりのこと。

もたれん。おら、ひとり　たべるが　やっとだに。」
わかものが　どもりながら　いうと、むすめは
にっこりして、くびを　ふった。
「よめさまに　なれたら、わたし、びんぼうなんて
かまいません。」
それを　きくと、わかものは　うれしくて、
もう、かおを　まっかにして　いった。
「そら　ほんとかね。おらのとこなど、とても
よめさまに　きてくれる　もんは　ねえと
おもっとったによ。こげな　ええ　よめさまが
きてくれて　ゆめみてえだ。」

あくる　あさ、わかものが　目《め》を　さますと、いろりには、もう　火《ひ》が　もえておって、なべからは　あたたかな　ゆげが　あがっておった。*どまも　いえの　中《なか》も　さっぱり　かたづいて、目《め》を　まるくしておる　わかものに、むすめが　いった。

「おはようございます。もう、おかゆが　にえております。」

　こうして、その日《ひ》から　むすめは　気《き》もちよく　はたらき、わかものは　わかもので、いっそう　しごとに　せいを　だして、ゆめのように　しあわせな　日《ひ》が　つづいた。

＊家《いえ》の中《なか》でゆかをはらずに地面《じめん》のままになったところ。

ある日《ひ》。
よめさまが　わかものに　いった。
「はたおりを　したいのです。どうか　はたばを
こしらえてくださいな。」
そこで　わかものは、木《き》を　きり、はしらを　たてて、
よめさまのために　いっしょうけんめい　はたばを
つくってやった。
よめさまは　よろこんで、
「では、すぐに　はたを　おります。でも　七日《なのか》の
あいだ、はたばを　のぞいては　いけませんよ。」
と　いって、はたばに　はいった。

まもなく、とを　しめきった　はたばから、
きっこ　ぱたん
きっこ　ぱたん
と、よめさまの　おる　はたの　音《おと》が　きこえて
きた。

＊はたおりのしごとば。

はたの　音《おと》は、山《やま》に　ひびき、たにに
ひびいて、五日《いつか》　六日《むいか》と　なりひびいた。
七日目《なのかめ》の　あさ。
はたばの　とが　あいて、中《なか》から
ほっそり　やせた　よめさまが
でてきた。
手《て》には　見《み》たことも　ない
みごとな　ぬのを
もっておった。
「もし、おまえさま、この
ぬのを　まちに　うりに

いってください。でも、百《ひゃく》りょうより　やすく　うっては
いけませんよ。」
と、よめさまが　わかものに　いった。
そこで、わかものは　ぬのを　せおって、とおい
まちへと　うりに　でかけた。
ひとつ　山《やま》こえ、ふたつ　山《やま》こえ、ゆきの　山《やま》みちを
あるきつづけて、とのさまの　おしろの　ある　まちへ
ついた。
まちの　とおりの、はしの　たもとに　たっておると、
すぐに　たくさんの　人《ひと》が　あつまってきた。
「どら、その　たんものを　見《み》せてくれろ。こりゃ　まあ、

＊むかしのお金《かね》のたんい。

みごとな　もんだ。いったい　なんぼで　うるだね。」
「これだけの　しななら、十《じゅう》りょうか、二十《にじゅう》りょうか、
いや、もっと　するかね。」
と、みなが　くちぐちに　たずねる。
「いや、これは　百《ひゃく》りょうだ。」
と、わかものが　こたえると、
「やれ、ぬのも　ええが、ねも　ええこんだ。
こげな　にしきを　かうのは　だれさまだべや。」
と、村人《むらびと》たちが　がやがやしておる　ところへ、
ひとりの　さむらいが　とおりかかった。
「これは　みごとな　しなじゃ。とのさまに

お目《め》にかけたいが。どうだな。わしに　ついて　しろへ
まいらぬか。」
と、さむらいが　いった。
　さむらいに　ついて　おしろへ　あがると、
とのさまは　たいそう　よろこんで、ぬのを
百《ひゃく》りょうで　かいあげてくれた。
「これは〝つるの　はごろも〟と　いう、よにも
めずらしい　ぬのじゃ。よく　もってまいった。
また　こうてやろう。いつでも　しろへ
たずねてまいれよ。」
　とのさまの　ことばを　ゆめのように　きいて、

わかものは　しろを　さがった。
けれど、ゆめでは　ない　しょうこに、せなかの
こばんは　ずしりと　おもい。
ひとつ　山《やま》こえ、ふたつ　山《やま》こえ、やすむまも
おしんで、わかものは　村《むら》へ　かえった。
いえに　つくなり、大《おお》ごえで　よめさまを　よんだ。
「おうい、ぬのが　うれた。百《ひゃく》りょうで　うれた。
おら、こばんを　せおって　かえってきたに。」
よめさまは、わかものを　むかえて、にっこりした。
「それは　ごくろうさまでした。」
「見《み》ろや、これが　こばんと　いう　ものだ。

ぴかぴか　ひかるぞ。おら、こばんを　うまれて
はじめて　見《み》たに。」
わかものは、こどものように　こばんを
ひっくりかえしては　ながめて　いった。
「これが　あれば、あぶらも
かえる。みそも　かえる。
なんでも　かえて、
おら、うれしいでよ。」
すると、よめさまも
うれしそうに　ほほえんで、
こう　いった。

「そんなに　あなたが　よろこぶなら、
もう一《いっ》たん　おりましょう。
でも、おりあがるまで　見《み》ては　いけませんよ。」
よめさまは、また　はたばに　はいった。
くる日《ひ》も　くる日《ひ》も、きこぱた　とん、
きこぱた　とん、はたの　音《おと》が　村《むら》じゅうに　ひびき、
山《やま》から　たにへ　こだましておった。
さて、わかものの　いえに、こばんが　どっさり
はいったらしいと　いう　うわさは、すぐに
村人《むらびと》たちに　しれわたった。
村人《むらびと》は、かわるがわる　わかものの　ところへ

やってきた。

「よめさまが　たいした　ぬのを　おったと　いうが、どげな　ぬのだね。こばんを　どっさり　かついで　かえったそうだが、いったい　なんぼで　うれたね。」

と、もさくが　いえば、

「おらの　かかさにも　おらせたいだ。ひとつ　どげなふうに　おるだか、見《み》せてくれろ。」

と、たへえも　はたばを　のぞこうとする。

わかものは　あわてて、

「見《み》ては　いかん。三日《みっか》　たてば　おりあがるで、それまで　まってくれろ。」

と　おしとめた。
やっとのことで、ふたりを　かえした　あとも、
きこぱた　とん、きこぱた　とん、
はたの　音《おと》は　なりつづけておる。
それにしても、村人《むらびと》の　いうとおり、おらの
よめさまは、いとも　もたずに、どげにして
あのように　みごとな　ぬのを　おりあげるのだろう。
わかものは、きゅうに　ふしぎで　たまらんように
なった。
どげにして　おってておるだか。
ええ、ちっと　のぞいてみようと　おもったり、

いくどか　まよった　わかものは、
「えい、ちっと　のぞくだけだで。」
と、はたばの　との　すきまに　目《め》を　あてた。
や、や、や、　わかものの　かおが　すーっと　白《しろ》く
なった。
　さむざむとした　はたばで、いっしんに　はたを
おっておったのは、よめさまでは　なく、なんと、
やせこけた　一《いち》わの　つるで　あった。
　つるは　ながい　くちばしで、はねの　ぬけおちた
からだから、一《いっ》ぽんずつ　はねを　ひきぬいては、
はたを　おって　おった。

「おらの　おらの　よめさまはよ……」

わかものは、へたへたと　すわりこみ、

はいずるようにして、はたばを　はなれた。

それから　どのくらい　たったろう。

気《き》がつくと、わかものの　そばに、まえよりも

いっそう　やせた　よめさまが、しずかに

すわっておった。

「わたしは、いつか　たすけられた　つるです。もう

一《いっ》たん　これを　おりあげて、あなたの　くらしを

らくにして　あげたかったのに……。すがたを

見《み》られては、もう　おそばには　いられません。

これを　わたしと　おもってくださいね。」
よめさまは、おりかけの　ぬのを　おいて、すっと
立《た》ちあがった。
くろい　目《め》で、かなしそうに　わかものを　見《み》つめた。
と　おもうと、見《み》るまに　その　すがたは　一《いち》わの
つるに　かわった。
そとへ　でていく　つるを　おって、わかものは
よんだ。
「どこへ　いくだ。まってくれろ。おらが
わるかったで、ゆるしてくれろよ。」
けれど、やせた　つるは　くびを　のばし、はねを

ひろげると、たどたどと　天《てん》へ　まいあがった。
わかものの　まうえを　三《さん》ど　まわり、
こうーこうーと　ないて、そのまま　どこかへ
きえてしまったんだと。
とうとう、それきり　かえっては
こなかったんだと。

わらしべちょうじゃ

［文《ぶん》］西郷竹彦《さいごうたけひこ》　［絵《え》］Akimi《あきみ》 Kawakami《かわかみ》

むかしも　むかし、なんとか村《むら》と　いう　村《むら》に、
すむに　いえ　なく、なべ　かま　一《ひと》つ　ない
びんぼうな　男《おとこ》が　おったそうな。
なにしろ　どうにも　ならんので、とうとう　男《おとこ》は
かんのんさまに　がんを　かけた。
「どうにか　こうにか　なんとか　なるように
ならないもんで　ござえましょうか。」

すると、かんのんさまの
おつげが　あった。
「なんであろうと
かんであろうと
つかんだものは
はなすでは　ない。」
そこで　男《おとこ》は、よろこんで
あるきだしたが　そのとたん、
足《あし》もとの　いしころに
けっつまずいて、
ずってんどうと　はいつくばった。

「いやはや　これは。」
すりむいた　ひざっこぞうを　さすりさすり
立《た》ちあがってみると、なんと　ころげた
そのひょうしに　わらしべを　一本《いっぽん》　つかんでおった。
わらしべ　一本《いっぽん》　つかんだまんま、男《おとこ》は　てくてく
あるきだした。
ところが　どこから　きたものか、あぶが　一《いっ》ぴき、
男《おとこ》の　目《め》のまえ　はな先《さき》を　ぶんぶん　ぶんぶん
とびまわり、どうにも　こうにも　うるさくて　ならぬ。
とうとう　あぶを　ひっつかまえ、わらしべの　先《さき》に
ひっくくり、また　てくてくと　あるきだした。

するとむこうから　やってきた、五《いつ》つばかりの
男《おとこ》の子《こ》が、男《おとこ》の　もっている
あぶが　ほしいと　おともの　ものに
だだを　こねた。
　つかんだものは
はなすなと　いう
かんのんさまの
おつげでは　あるが、あぶを
くくった　わらしべを、
男《おとこ》は　その子《こ》に　くれてやった。
　おともの　ものは　よろこんで、

みかんを　三《みっ》つ　かわりに　くれた。
これは　ありがたいと
たべようとすると、とおりかかった
ごふくやが、のどが　かわいて
しにそうだから、みかんを　ほしいと
男《おとこ》に　たのんだ。
そこで　男《おとこ》は　ごふくやに、
みかんを　三《みっ》つとも　くれてやった。
すっかり　よろこんだ
ごふくやは、せおっていた
たんもの　三《さん》たん、おれいにと

いって　男《おとこ》に　くれた。
なおも　てくてく　あるいていくと、なにやら
わいわい　みちばたに　人《ひと》が　たかって
さわいでおった。
みると、かわいそうに　うまが　一《いっ》ぴき　みちに
たおれて　しにかかっておった。
男《おとこ》は　たんもの　三《さん》たん　さしだして、うまの
もちぬしに　こう　いった。
「この　うまは　わしが　ひきとろう。」
うまの　もちぬしは　よろこんで、男《おとこ》の　気《き》もちの
かわらぬうちにと、たんものを　かかえて

いってしもうた。
そこで　男《おとこ》が　水《みず》を　のませて
かいほうしたら、
しにかかっておった　あの
うまが、ひひんと　ひとこえ
いないて、げんきに
すっくと　はねおきた。
男《おとこ》が　うまを　ひいていくと、
たびに　でかけると　いう　人《ひと》が、
男《おとこ》に　むかって、こう　いった。
「いそぎの　たびで　こまっておる、

その　うまを　ゆずってくれないか。
かわりに　やしきを　田《た》んぼごと　おまえに
かしてやろうではないか。
ところで、もしも　この　わしが、三年《さんねん》　たっても
かえらぬときは、やしきも　田《た》んぼも　みんな
やろう。」
ところが、あれから、三年《さんねん》　たっても　五年《ごねん》
たっても、たびの　人《ひと》は　かえらなかった。
そこで、男《おとこ》は、りっぱな　やしきも　ひろい
田《た》んぼも、そっくり　みんな　手《て》にいれて、
わらしべちょうじゃと　いわれるような、ものもちの

おひゃくしょうに
なったそうな。
　ころんで　つかんで
立《た》ちあがって、
てくてく　あるきだした
わらしべが　一本《いっぽん》、
なんと、こがね　なみうつ
ひろい　田《た》んぼに
なったという　はなし。

だんごどっこいしょ

［文《ぶん》］大川悦生《おおかわえっせい》　［絵《え》］killdisco《きるでぃすこ》

とんとん　むかしねえ、山《やま》の　小《ちい》さな　村《むら》に、
『ぐつ』って　いう　男《おとこ》の子《こ》が　おったとさ。
あるひ、ぐつの　うちへ　おきゃくさんが
おおぜい　くる　ことに　なって、ばあちゃんは
大《おお》きな　おかまを　かまどへ　かけた。
そして、ぐつに　いったよ。
「ぐつや、ちょっと　きんじょへ　いってくるから、

かまどの　ばんを　しててておくれ。」
「うん　いいよ。」
「ぐつや、おかまが　にえたって　ぐつ　ぐつ
いったら、おまえを　よんだと　おもってね、
ふたを　すこし　ずらしておくれ。」
「うん　いいよ。」
小《ちい》さい　ぐつが　ひとりっきりで　ばんを
していると、じきに　おかまは、
ぐつ　ぐつ　ぐつ
って　音《おと》を　たてた。
「はい　はい、わかった、おかまどん。」

ぐつは　そう　へんじを　してね、よいしょと
ふたを　うごかした。
とても　うまく　できたんだ。
それなのに、おかまは　まだ　にえたって、
ぐつ　ぐつ　よぶのさ。
「はい、はい！　はい、はい！」
いっくら　へんじを　しても、おかまは　やっぱり
ぐつ　ぐつ　ぐつ……。
「はいって　いうの　きこえないか。この　おかまめ。」
ぐつは　とうとう　おこってしまって、
ふたを　どーんと　けとばした。

そして、「やい　これでもか」
って、たきぎや　いしころを
なげこんだんだ。
おかまは　ぐつぐつ　いわなくなった。
そのかわり、かえってきた
ばあちゃんが　びっくりしたとさ。
「あれまあ　ぐつや、
えらい　ことを　してくれたね。
これじゃ　もう　ごはんが
たべられやしない。」
つぎに　また　ばあちゃんが　いったよ。

「ぐつや、うちの　ほとけさまへ　おきょうを
あげてもらうから、ぼうさまを　よんできとくれ。」
小《ちい》さい　ぐつは、ぼうさまなんて　よく　しらない。
となり村《むら》まで　いかないと、おてらが
なかったものね。
「ばあちゃん、ぼうさまって　どんなの？」
「ぼうさまは　いつも　くろい　きものを
きていなさるよ。
ときどき　こっちの　ほうへも　こられるだろ。」
「ふーん、くろい　きものかあ。」
ぐつは　てこてこ　でかけていったさ。

田《た》んぼの　みちを
あるいていくと、
かかしが　たっていて、
それに　からすが
とまっていた。
見《み》たら、からすは
みんな　くろい　きものを
きてるのさ。
「おら　ばあちゃん、ぼうさまって
いったの　からすの　ことかな。」
ぐつは　そう　おもってね、

大《おお》ごえで、
「ぼうさま　きとくれ。うちへ　きとくれ。」
って　よんだんだと。
これにゃあ　からすが　おどろいて、いちどに
空《そら》へ　とびたった。
かあ　かあ　あほかあ
あほかあ　と　いわれたって、せっかく　見《み》つけた
ぼうさまだよ。ぐつは　にげられちゃ　こまるので、
「ぼうさま　にげるな、まてやーい。」
って　おいかけたんだ。
それなのに、からすは　かあかあ　となり村《むら》まで

とんでいって、おてらの　森《もり》に　かくれてしまった。
「ぼうさま　でてこい　ぼうさま　でてこい。」
ぐつは　森《もり》の　中《なか》を　いっしょうけんめい
よんで　あるいたさ。
すると、おやおや、おてらから、
「ぼうさまは　わしじゃよ。これ　子《こ》ども、
なんの　ようじかな。」
って、ほんとの　ぼうさまが　でてきなさった。
ちゃんと　くろい　きものを　きてね。
「あのう、おら　あの……。」
ぐつは　べそを　かきそうに　なったよ。

でも、ぼうさまは　わけを　きくと、
「そうか　よしよし、わしが　いっしょに
いってしんぜよう。」
って、小《ちい》さい
ぐつの　手《て》を
ひいて、
おきょうを
あげに　きてくれたとさ。
それから　すこし　たったら、
また　ばあちゃんが　いったよ。
「ぐつや、おまえも

かしこく　なったからね、　まちの　おばさんとこへ
いってこれるかい？」
「うん　いってこれる。」
「じゃあ、この　ふろしきづつみを
とどけておくれ。」
「うん　いいよ。」
　ぐつは　せなかに　ふろしきづつみを
しょわせてもらうと、　てこてこ　てこてこ
でかけていったよ。
　ちゃーんと　みちを　まちがえないで、まちへ
ついて、おばさんの　うちも　すぐ　わかったんだ。

「こんちは　おばさん、おらね、ばあちゃんの
おつかいで　きた。」
「おう　ぐつかい。小《ちい》さいのに　ひとりっきりで
よく　きたね。さ、こっちへ　おあがり。
いい　ものを　あげるから。」
おばさんは　かんしんして、ごちそうを
だしてくれた。くしに　さした　まるい　ものが、
おさらに　たくさん　のっていたよ。
一《いっ》ぽん　とって　たべてみたら、うんと　あまくて、
ちょっぴり　からくて、すごく　うまいんだ。
あんぐり　もぐもぐ……　ぐつは、むちゅうで

たべたさ。
みんな　たべてしまうと、
「ああ　うまかった。おばさん、これ　なんて　もの？」
って　きいたんだよ。

「おや、ぐつは　しらなかったのかい。これ、
だんごって　ものだよ。」
「ふーん　だんごか。じゃ、さよなら。」
ぐつは　おばさんの　うちを　でると、はやく
かえって、ばあちゃんにも　こさえてもらおうと
おもってね、わすれちゃ　たいへんだから、
　だんご　だんご
　だんご　だんご
と　いってきた。
まちを　あとに、大《おお》きな　川《かわ》の　はしを　わたって、
ひろい　田《た》んぼの　中《なか》まで　きても、ぐつは、

だんご　だんご
だんご　だんご
あまくて　からい
だんご　だんご
一《いっ》ぽんすぎの　下《した》を　すぎて、
おじぞうさまの　ところへ
きても、まだまだ　ぐつは、
だんご　だんご
だんご　だんご
あまくて　からい
だんご　だんご

ほんとに　ぐつは　そればっかり　いってきて、
とちゅうで　ちかみちを　したら、小川《おがわ》が
ちろちろと　ながれていた。
そして、その　小川《おがわ》には　はしが
かかっていなかったんだと。
小川《おがわ》ぐらい、はしなんか　なくったって
へいきさ。
ぐつは　げんきいっぱい、
どっこいしょ！
って　とびこしたのさ。
そうすると、ぐつは　もう　それから、

どっこいしょ
どっこいしょ
と　いって　あるいてきたよ。
とうげみちを　のぼる
ときも、ちんじゅさまの
とりいの　まえでも、
ずうっと、
どっこいしょ
どっこいしょ
あまくて　からい
どっこいしょ

やっと　村《むら》が　ちかづいて、ぐつの　いえも
見《み》えてきた。
だけど、小《ちい》さい　ぐつは　まだまだ、まだまだ、
どっこいしょ
どっこいしょ
あまくて　からい
どっこいしょ
そしてね、おなかを　すかせて　うちへ　かけこむと、
ぐつは　いったんだ。
「ばあちゃん　ただいま。どっこいしょ　こさえておくれ。」
「はやかったね、ごくろうだったね。でも、ぐつや

なんだい、どっこいしょって？」
　ばあちゃんは　たまげて　きいたよ。
「どっこいしょさ。はやく　どっこいしょ
こさえておくれ。」
　ぐつは　ばあちゃんの　そでを　ひっぱって
いったよ。
「ばかだね、おまえ、どっこいしょなんて　もの、
せかいじゅう　さがしたって　ありゃあしない。」
「ある　ある。おら　おばさんとこで　たべたんだ。
あまくて　からい　どっこいしょだ。」
　あんまり　ぐつが　いうから、しまいに

ばあちゃんも　おこってね、すりこぎで、
　ぽかり！
「いたーい、ばあちゃん。」
　ぐつの　あたまに　ぷっくりと　まるい　こぶが
できた。
「あれまあ　いけない。だんごみたいな　こぶを
こさえちまったよ。」
　ばあちゃんが　いうと、ぐつは　きゅうに
とびあがって、
「あ、その　だんごだ。ばあちゃん　だんごを
こさえておくれ。」

って　さけんださ。
「そうかい、どっこいしょの　だんごかい。
はやく　いえば　いいのに。」
ばあちゃんは　わらってね、それから
小《ちい》さい　ぐつに　おいしい　あまからだんごを
どっさり　こしらえてくれたとさ。
これで　ぽっきりの　おしまい。

なまえをみてちょうだい

［作《さく》］あまんきみこ　［絵《え》］西巻茅子《にしまきかやこ》

えっちゃんは、おかあさんに、赤《あか》い
すてきな　ぼうしを　もらいました。
「うらを　みてごらん。」
そう　いわれて　ぼうしの
うらを　みると、青《あお》い　糸《いと》で、
なまえが　ししゅうしてあります。
「う、め、だ、え、つ、こ。」

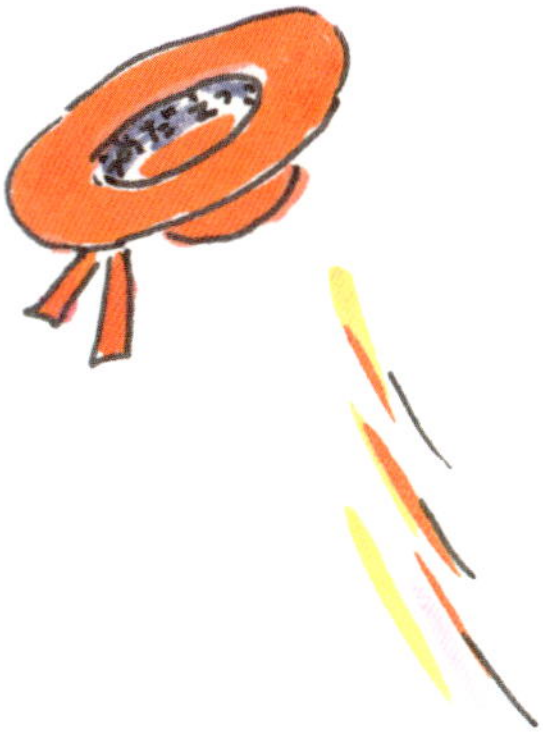

うふっ。ありがとう。」
えっちゃんは、ぼうしを
ぎゅうっと　かぶりました。
そして、さっそく　あそびに
でかけることにしました。
さて、えっちゃんが　門《もん》を　でたとき、
つよい　風《かぜ》が　ふいてきて、いきなり
ぼうしを　さらっていきました。

「こら。ぼうし、まてえ。」
えっちゃんは　走《はし》りだしました。
ぼうしは、リボンを　ひらひらさせながら、
野原《のはら》のほうへ　とんでいきます。
えっちゃんが、その　野原《のはら》に　走《はし》っていくと、赤《あか》い
ぼうしを　ちょこんと　かぶった　きつねが　一《いっ》ぴき、
白《しろ》い　ススキを　もって、ぷーぷー　ふいていました。
「それ、あたしの　ぼうしよ。」
きつねの　頭《あたま》を　ゆびさして、えっちゃんが
いいました。
すると、ふりむいた　きつねは、すまして　こたえました。

「ぼくのだよ。」
「あたしの　なまえが
かいてあるわ。
なまえを
みてちょうだい。」

きつねは、しぶしぶ　ぼうしを　ぬいで、なまえの
ところを　みせました。
「ほうら、ぼくの　なまえだよ。
の、は、ら、こ、ん、き、ち。」
なるほど、きつねの　いうとおり。ほんとうに　そう
みえます。
「へんねえ。」
えっちゃんが、もういちど　たしかめようとしたとき、
つよい　風《かぜ》が　ふいてきて、いきなり　ぼうしを
さらっていきました。
「こら、ぼうし、まてえ。」

えっちゃんと　きつねは、走《はし》りだしました。
ぼうしは、リボンを　ひらひらさせながら、
こがね色《いろ》の　はたけのほうへ　とんでいきます。
えっちゃんたちが、その　はたけに　走《はし》っていくと、
赤《あか》い　ぼうしを　ちょこんと　かぶった　牛《うし》が、一《いっ》ぴき、
青《あお》い　空《そら》を、まぶしそうに　みあげていました。
「それ、あたしのよ。」
「ぼくのだよ。」
牛《うし》の　頭《あたま》を　ゆびさして、えっちゃんと　きつねが
いいました。
すると、ふりむいた　牛《うし》は、すまして　こたえました。

「わたしのですよ。」

そこで、えっちゃんと　きつねは、
いっしょに　いいました。

「なまえを　みてちょうだい。」

牛《うし》は、しぶしぶ　ぼうしを　ぬいで、
なまえの　ところを　みせました。

「ほうら、わたしの　なまえだよ。

は、た、な、か、も、う、こ。」

なるほど、牛《うし》の　いうとおり。

ほんとうに　そう　みえます。

「へんねえ。」

えっちゃんと　きつねが、顔《かお》を　みあわせたとき、つよい
風《かぜ》が　ふいてきて、また　ぼうしを　さらっていきました。
「こら、ぼうし、まてえ。」
えっちゃんと　きつねと　牛《うし》は　走《はし》りだしました。
ぼうしは、リボンを　ひらひらさせながら、七色《なないろ》の
林《はやし》のほうへ　とんでいきます。
えっちゃんたちが、その　林《はやし》に　入《はい》っていくと、
木《き》よりも　高《たか》い　大男《おおおとこ》が、どかんと　すわっていました。
そして、ぼうしを　りょう手《て》で　もって、
ふしぎそうに　ながめていました。
「それ、あたしのよ。」

「ぼくのだよ。」

「わたしのですよ。」

えっちゃんと　きつねと　牛《うし》は、いっしょに
いいました。

「なまえを　みてちょうだい。」

すると、大男《おおおとこ》は、えっちゃんたちを　じろりと
みおろしました。

それから、あっというまに、ぱくん。

ぼうしを　口《くち》の　なかに　入《い》れました。

そして、すまして　こたえました。

「食《た》べちゃったよ。だから、なまえも　食《た》べちゃった。」

大男《おおおとこ》は　いいいい、したなめずりを　して、じろりじろり
見《み》おろしながら　いいました。
「もっと、なにか　食《た》べたいなあ。」
牛《うし》が、あとずさりを　しながら、ぶつぶつ
つぶやきました。
「はやく　かえらなくっちゃ。いそがしくて、
いそがしくて。」
牛《うし》は、くるりと　むきを　かえると、風《かぜ》のように
走《はし》っていってしまいました。
すると、きつねも　あとずさりを　しながら、
つぶやきました。

「はやく　かえらなくっちゃね。　いそがしくて、
いそがしくて。」
きつねも、くるりと　むきを　かえると、
風《かぜ》のように　走《はし》っていってしまいました。
けれども、えっちゃんは　かえりませんでした。
むねを　はって、大男《おおおとこ》を　きりりと　みあげて
いいました。
「あたしは、かえらないわ。　だって、あたしの
ぼうしだもん。」
　すると、えっちゃんの　からだから、ゆげが
もうもうと　でてきました。

そして、ぐわ――んと、大《おお》きくなりました。

「食《た》べるなら、食《た》べなさい！

あたし、おこっているから、あついわよ！」

ゆげを　たてた　えっちゃんの　からだが、また、
ぐわ――んと、大《おお》きくなりました。
そうして、大男《おおおとこ》と、おなじ　大《おお》きさに
なってしまいました。

えっちゃんは、たたみのような　てのひらを、
まっすぐ　のばして　いいました。

「あたしの　ぼうしを　かえしなさい！」

大男《おおおとこ》は、ぶるっと　みぶるいを　しました。ぶるぶる
ふるえながら、空気《くうき》の　もれる　風船《ふうせん》のように、
しぼんで、しぼんで、しぼんで、とうとう
みえなくなってしまいました。

そのあとに、ぽつんと　ひとつ、小《ちい》さな　赤《あか》い　もの。

「あっ、あたしの　ぼうし。」

ひろって、なまえを　みました。

う、め、だ、え、つ、こ。

青《あお》い　ししゅう糸《いと》で、たしかに　そう　かいてあります。

「ああ、よかった。」

ぼうしを　頭《あたま》に　のせると、あらら、えっちゃんは
もとの　大《おお》きさに　なっていました。

それから　えっちゃんは、あっこちゃんの　うちに
あそびにいきました。

楽《たの》しく考《かんが》える

お話《はなし》のポイント

この本《ほん》にのっているお話《はなし》を通《とお》して、考《かんが》える力《ちから》を身《み》につける読《よ》み方《かた》のポイントを紹介《しょうかい》します。お話《はなし》のポイントに注目《ちゅうもく》してもう一度《いちど》読《よ》んでみると、あたらしい気《き》づきがあるかもしれません。お話《はなし》を「考《かんが》え」ながら読《よ》むことで、より面白《おもしろ》く読《よ》むことができるようになっていき、国語《こくご》が得意《とくい》になります。

筑波大学附属小学校《つくばだいがくふぞくしょうがっこう》
国語科教諭《こくごかきょうゆ》　白坂《しらさか》　洋一《よういち》

おむすびころりん

- おじいさんとねずみのやりとりのなかで、おもしろいと思《おも》ったところはどこだろう？
- 「おむすび　ころりん　すっとん　とん」を声《こえ》に出《だ》して読《よ》んでみよう。

はなさかじいさん

- 「ぷかぁり、ぷかぁり」や「ずんがずんが」はどんな様子《ようす》をあらわす言葉《ことば》だろう？
- はたらきものと、なまけもの、ふたりのおじいさんにはどんなちがいがあっただろう？

しましま

- チロの気《き》もちは、お話《はなし》のはじまりとおわりで、どう変《か》わっただろう？
- どうしてチロはさいごにもういちど「あ、り、が、と、う。」といったのか、考《かんが》えてみよう。

おおきなかぶ

- お話《はなし》のなかでくりかえしでてくる言葉《ことば》はなんだろう？
- いちばんかつやくしたのはだれだと思《おも》う？

天《てん》にのぼったおけやさん

- かみなりさんと出会《であ》って、おけやさんはどんなことを考《かんが》えただろう?
- お話《はなし》のさいごの場面《ばめん》を想像《そうぞう》してみよう。

びんぼうがみとふくのかみ

- 「びんぼうがみ」と「ふくのかみ」の見《み》た目《め》やせいかくをくらべてみよう。
- わかいとうさんとかあさんは、どんなせいかくだろう?

つるにょうぼう

- わかものの家《いえ》におんがえしにきたつるの気《き》もちを考《かんが》えてみよう。
- 雪《ゆき》が「ちらちら」ふるようすや、火《ひ》が「ぼんぼん」もえるようすを想像《そうぞう》してみよう。

わらしべちょうじゃ

- お話《はなし》のなかで変《か》わっていくことと、くりかえされることはどんなことだろう？
- お話《はなし》のさいごで男《おとこ》はどんな気《き》もちだっただろう？

だんごどっこいしょ

- 「だんご　だんご」や「どっこいしょ　どっこいしょ」を声《こえ》に出《だ》して読《よ》んでみよう。
- ぐつとばあちゃんの会話《かいわ》から、ふたりのせいかくを考《かんが》えてみよう。

なまえをみてちょうだい

- えっちゃんやどうぶつのせりふを声《こえ》に出《だ》して読《よ》んでみよう。
- もし風《かぜ》がふかなかったらえっちゃんはどんなふうにすごしたか想像《そうぞう》してみよう。

おわりに

この本《ほん》の中《なか》で、どのお話《はなし》がいちばん心《こころ》にのこっていますか？　また、気《き》になる登場人物《とうじょうじんぶつ》はいましたか？

お話《はなし》には、登場人物《とうじょうじんぶつ》が、さまざまな出来事《できごと》を経験《けいけん》していく様子《ようす》が書《か》れています。その中《なか》で、登場人物《とうじょうじんぶつ》に目《め》をむけて読《よ》んでいくと、お話《はなし》のあらすじがわかりやすくなります。そして、「もしも自分《じぶん》だったらどうしただろう」と考《かんが》えてみましょう。そうすることで、登場人物《とうじょうじんぶつ》のしたことやいったことの意味《いみ》がわかるかもしれません。そして、それをぜひおうちの人《ひと》や友《とも》だちと話《はな》しあってほしいと思《おも》います。もしかしたら同《おな》じ考《かんが》えかもしれませんし、まったくちがう考《かんが》えかもしれません。もしもちがったときには、「どうしてそう思《おも》ったの？」と理由《りゆう》をたずねてみましょう。「そういう考《かんが》えもあるのか！」と新《あたら》しい発見《はっけん》につながります。

お話《はなし》は一人《ひとり》で読《よ》むだけではなく、だれかと話《はな》し合《あ》うことで、読《よ》み方《かた》が広《ひろ》がりますし、お話《はなし》を読《よ》んで、気《き》づいたことや思《おも》ったことはこれからの人生《じんせい》にも生《い》かすことができます。

この本《ほん》だけでなく、図書館《としょかん》などで、ほかにもおもしろそうな本《ほん》がないか探《さが》して読《よ》んでみましょう。たとえば、ねずみがでてくるお話《はなし》がすきだったら、ほかにねずみがでてくるお話《はなし》はないかな？　昔話《むかしばなし》がおもしろかったら世界《せかい》の昔話《むかしばなし》はないかな？　と探《さが》してみると、さらに本《ほん》の世界《せかい》が広《ひろ》がりますよ。この本《ほん》が、あなたの世界《せかい》を広《ひろ》げるきっかけとなる一冊《いっさつ》であることを願《ねが》っています。

筑波大学附属小学校《つくばだいがくふぞくしょうがっこう》　国語科教諭《こくごかきょうゆ》　白坂《しらさか》　洋一《よういち》

著者略歴

与《よ》田《だ》準一《じゅんいち》

1905年、福岡県生まれ。主な作品に、童話『五十一番めのザボン』、『十二のきりかぶ』などがある。1997年死去。

森《もり》山《やま》京《みやこ》

1929年、東京都生まれ。主な作品に、「きつねのこ」シリーズ、『あしたもよかった』などがある。2018年死去。

内《うち》田《だ》莉《り》莎《さ》子《こ》

1928年、東京都生まれ。翻訳家。主な翻訳絵本に、『てぶくろ』『しずくのぼうけん』などがある。1997年死去。

大《おお》川《かわ》悦《えっ》生《せい》

1930年、長野県生まれ。主な作品に『三ねんねたろう』『えすがたあねさま』などがある。1998年死去。

西《さい》郷《ごう》竹《たけ》彦《ひこ》

1920年、鹿児島県生まれ。主な作品に『兵六ものがたり』、翻訳作品に『ニャーンといったのはだーれ』などがある。2017年死去。

石《いし》崎《ざき》洋《ひろ》司《し》

1958年、東京都生まれ。主な作品に、「黒魔女さんが通る!!」シリーズ、『世界の果ての魔女学校』などがある。

A《アレクセイ》・トルストイ

1883年生まれ。ロシアの作家。「苦悩の中をゆく」「ピョートルＩ世」などの作品がある。1945年死去。

水《みず》谷《たに》章《しょう》三《ぞう》

1934年、北海道生まれ。主な作品に、『ふうふうぽんぽんぽん』『きょうも星パン』などがある。

神《かん》沢《ざわ》利《とし》子《こ》

1924年、福岡県生まれ。主な作品に、『ちびっこカムのぼうけん』『くまの子ウーフ』などがある。

あまんきみこ

1931年、満州生まれ。主な作品に「車のいろは空のいろ」シリーズ、『おにたのぼうし』などがある。

底本一覧

おむすびころりん
(『おむすびころりん』 偕成社　1967年)

はなさかじいさん
(『はなさかじいさん』 講談社　2012年)

しましま
(『おとうとねずみチロのはなし』所収　講談社　1996年)

おおきなかぶ
(『おおきなかぶ』 福音館書店　1966年)

天にのぼったおけやさん
(『ひろがることば　しょうがくこくご　一下』所収　教育出版　2024)

びんぼうがみとふくのかみ
(『びんぼうがみとふくのかみ』 ポプラ社　1980年)

つるにょうぼう
(『つるにょうぼう』 ポプラ社　1967年)

わらしべちょうじゃ
(『わらしべちょうじゃ』 ポプラ社　1967年)

だんごどっこいしょ
(『だんごどっこいしょ』 ポプラ社　1975年)

なまえをみてちょうだい
(『なまえをみてちょうだい』所収　フレーベル館　2007年)

監　修

白坂洋一《しらさかよういち》

筑波大学附属小学校教諭。鹿児島県出身。鹿児島県公立小学校教諭を経て、現職。教育出版国語教科書編集委員。『例解学習漢字辞典［第九版］』（小学館）編集委員。著書に『子どもを読書好きにするために親ができること』（小学館）『子どもの思考が動き出す 国語授業4つの発問 』（東洋館出版社）など。

※現代においては不適切と思われる語句、表現等が見られる場合もありますが、作品発表当時の時代背景に照らしあわせて考え、原作を尊重いたしました。
※読みやすさに配慮し、旧かなづかいは新かなづかいにし、一部のかなづかいなど表記に調整を加えている場合があります。

よんでよかった！
楽しく考える　教科書のお話　1年生
2025年2月　第1刷

監修	白坂洋一
カバーイラスト	ヒダカナオト
カバー・本文デザイン	野条友史（buku）
DTP	株式会社アド・クレール
校正	株式会社円水社
発行者	加藤裕樹
編集	荒川寛子・井熊瞭
発行所	株式会社ポプラ社 〒141-8210　東京都品川区西五反田3-5-8 JR目黒MARCビル12階 ホームページ　www.poplar.co.jp
印刷・製本	中央精版印刷株式会社

ISBN 978-4-591-18534-6　N.D.C.913　159p　21cm　Printed in Japan

P4188001